MEMOIRE

QUE le Député du Parlement de Bordeaux présente, au sujet des Maisons que l'on veut faire bâtir sur le Port & Havre de cette Ville.

IDÉE SOMMAIRE DU PRESENT MEMOIRE.

ON a conçû le Projet d'aliéner & de faire bâtir la Place actuelle du Port de Bordeaux pendant l'espace de cent toises, & de faire un nouveau Port, au moyen d'un atterissement qui s'étende dans le lit de la Riviere.

Ces Maisons seront élevées & se trouveront vis-à-vis des Echopes ou petites Maisons fort basses adossées au mur de la Ville; la ruë qui les séparera n'aura que vingt-deux pieds de largeur.

Les Jurats seuls, sans le consentement de la Communauté, ont déterminé ce Projet, & ont résolu l'aliénation de tout cet espace du Port.

Cette aliénation est contraire aux Statuts, à l'usage, aux Edits & à un Arrêt du Conseil d'Etat de 1715, donné conformément aux Conclusions des Jurats, qui ordonné que dans de pareils cas, on assemblera toûjours les cent trente, c'est-à-dire, les Députez de tous les Ordres de la Communauté; elle est aussi contraire à une précédente Déliberation des Jurats & d'une Assemblée des trente qui a rejetté ce Projet, & ordonné l'Assemblée des cent trente.

Pour juger des inconveniens de ce Projet, il faut l'examiner par rapport à trois qualitez principales qu'éxige la bonté d'un Port. 1°. De l'eau dans la Riviere sans aucun obstacle pour une navigation libre. 2°. De la facilité pour l'abordage & de la sûreté pour les Batteaux. 3°. Une grande Place libre & suffisante pour toutes les opérations du Commerce.

Par rapport à la premiere de ces qualitez, il faut observer que l'endroit où l'on veut faire l'atterissement est le plus essentiel du Port, parce que c'est celui où les courans viennent se briser, & qu'il est vis-à-vis d'un grand banc de sable.

Afin que cet atterissement soit au-dessus du flot & qu'il puisse servir de Port, il faut qu'il soit très-élevé, & qu'il s'étende par conséquent fort avant dans la Riviere, parce que s'il ne gagnoit pas le lit de la Riviere pris dans les basses Marées, par un talus imperceptible & presque plat, il seroit impraticable pour les Voitures & Porteurs de Charge.

Les courans redoubleront leur violence par la saillie & la résistance des atterissemens.

Ou ils vaincront cette résistance des atterissemens, & alors les débris en combleront le Port, & il faudra des réparations considerables, toûjours prêtes à être encore détruites.

Ou ils seront repoussez par l'atterissement, & alors ils refléchiront avec une nouvelle violence vers le banc de sable qui est vis-à-vis.

Si le banc de sable résiste à l'effort des courans, ils l'augmenteront sans cesse en y déposant tout ce qu'ils entraîneront avec eux.

Si ce banc de sable ne résiste pas, & est ouvert & frappé par ces courans, il arrivera nécessairement de deux choses l'une.

Ou ces sables seront rejettez sur le Port des Chartrons & le combleront; cet endroit est cependant celui où se fait le grand Commerce des Marchandises étrangeres.

Ou ils seront entraînez vers le bas de la Riviere, & ils rencontreront, 1°. le banc de sable de *Vigneguaronne*, auquel ils s'uniront & l'augmenteront enfin au point d'empêcher tout-à-fait dans cet endroit la traverse de la Riviere qui y est déja fort difficile. 2°. Ils rencontreront le banc de sable situé entre la côte de *Parampuyre* & celle de *Montferrand*; & en l'augmentant, ils interdiront tout-à-fait le passage aux gros Vaisseaux qui n'y peuvent déja passer que dans le plein & le nouveau de la Lune.

Les *Queyries*, Pays fort riches par l'abondance & la qualité de ses Vins, est vis-à-vis l'endroit en question; son terrain est presque de niveau avec le lit de la Riviere. On croit & tout concourt à le faire penser qu'il faisoit autrefois partie du lit de la Riviere. La *Garonne* porte toûjours de ce côté tout l'effort des inondations; on en augmente considerablement la cause en renvoyant les courants vers cet endroit, peut-être même dans un débordement extraordinaire, l'eau pourroit submerger tout-à-fait cette Campagne & s'y rétablir.

Ce Projet n'eft pas moins nuifible au Port par rapport à la commodité & fûreté des Batteaux.

En effet les vents d'*Eft* & de *Nord-Eft* dominent dans le Port de Bordeaux. Pour en éviter la violence les Batteaux chargez fe réfugient dans l'endroit où l'on veut faire l'atteriffement ; en le faifant, on les repouffe avant dans la Riviere vers les Vaiffeaux, & on les expofe à toutes les rigueurs des tempêtes & des dommages d'*Avarie*, qui font quelquefois très-confiderables.

Il eft enfin néceffaire qu'un Port foit découvert & qu'il y ait un efpace confiderable tout-à-fait libre pour les opérations que le Commerce exige. On prend & on confomme tout celui qui exifte actuellement & qui à peine eft fuffifant, & on en fait un nouveau aux dépens du lit propre de la Riviere, dans la vûë forcée de ménager tout ce qui fera poffible fur la grandeur de l'atteriffement ; cette Place fera infiniment plus petite qu'elle n'étoit, & d'ailleurs à caufe de la pente brufque qu'on fera obligé de lui donner pour épargner encore fur la faillie de l'atteriffement, elle fe trouvera extrêm'nt rude, incommode, & faifant un continuel obftacle aux mouvemens variez & infinis que le Commerce exige.

Le Port de Nantes, il y a cinquante ou foixante ans, étoit pratiquable pour les Vaiffeaux du Port de deux cens tonneaux : les avancemens qu'on y a faits dans la Riviere ont fait naître & accru fi fort les bancs de fable qui y font, que ces Vaiffeaux font obligez de décharger à un lieu appellé *Peinbœuf* à fept lieuës du Port, où de petits Batteaux plats vont chercher les Marchandifes.

Par raport aux Maifons, il faut obferver trois inconvéniens. 1°. Elles deviendroient l'azile des Contrebandiers, & le Magazin des Marchandifes de contrebande, il feroit difficile de prendre des précautions fuffifantes pour éviter cet inconvenient, & il y a toujours de l'imprudence à multiplier la néceffité des précautions.

2°. Un baftion du Château *Trompette* domine la riviere de tous côtez, & peut la battre de l'un à l'autre bout, il a été fait dans cet objet. Les maifons projettées lui cacheront le côté la riviere vers la *Manufacture*.

3°. Ces Maifons étant élevées obfcurciront tout à fait la vûë des petites *Echopes*, attendu le peu de largeur de la ruë. Ces *Echopes* ainfi obfcurcies, chargées d'ailleurs de quarante fols de rente par pied de façade, & privées du petit commerce que la découverte de la Riviere y attiroit, feront abandonnées ; ainfi cette ruë bâtie magnifiquement d'un côté, impraticable & tout à fait avilie de l'autre, fera une très-vilaine ruë, dans un endroit cependant où l'on boulverfe tout dans le feul objet d'embellir. Cette ruë d'ailleurs étant un paffage continuel pour le Port, exige néceffairement une largeur confiderable, fa largeur ne fera néanmoins que de vingt-deux pieds.

Ce projet a été rejetté dans tous les tems, en 1659, en 1669, en 1707 & en 1727, fur la propofition de M. de Boucher qui l'a renouvellée l'année derniete, en changeant feulement la dénomination de *Quais* en celle d'*Atteriffements*, ce qui eft abfolument égal, parceque l'attériffement doit avoir la folidité requife pour repouffer les courans, & que peu importe, qu'il les repouffe à titre de *Quay*, ou à titre d'*Atteriffement*.

Ces Maifons dégraderont la beauté du Port. 1°. Parce qu'en avançant confidérablement hors du demi cercle, elles détruifent le coup d'œil de ce demi cercle parfait. 2° Parcequ'en fortant de la Ville, la vûë de la riviere eft arrêtée & choquée par un bâtiment de cent toifes.

La Statuë Equeftre de Sa Majefté que l'on veut placer au milieu d'une Place qui fera ménagée dans le centre des maifons, ne fçauroit être dans un lieu moins féant à la dignité d'un pareil monument. Elle ne fera en vûë qu'aux Matelots & aux fimples paffagers ; les Citoyens n'auront pas la fatisfaction de jouir d'un fi beau fpectacle ; ils demandent avec inftance que l'on place un pareil monument dans la Ville & fous leurs yeux. Plufieurs endroits font propre à cette deftination.

Ces faits & les raifonnemens qui y raport, font démontrez dans ce Mémoire avec toute l'évidence qu'on peut fouhaiter.

MEMOIRE

MEMOIRE

QUE le Député du Parlement de Bordeaux préfente, au fujet des Maifons que l'on veut faire bâtir fur le Port & Havre de cette Ville.

 E Port de Bordeaux eft le plus confiderable du Royaume par l'étenduë de fon commerce, & par les droits immenfes qu'il raporte tous les ans aux Fermes de Sa Majefté. Tout changement que l'on y prétend faire eft donc digne de l'attention la plus fcrupuleufe ; il n'eft point d'inconvenient leger par raport à un Port de cette efpece ; fon importance exige qu'on en prévienne même les moindres craintes.

On fe propofe d'établir dans ce Mémoire combien le nouveau Projet entrepris par M. de Boucher doit donner d'allarmes légitimes. Avant d'entrer dans le fond des raifons, on fera fommairement l'hiftoire de ce Projet, ce n'eft pas la partie la moins effentielle de ce Mémoire.

Depuis que M. de Boucher eft à Bordeaux, il a toûjours fongé à laiffer dans cette Ville quelque monument qui en augmentât la décoration ; les Citoyens ont en cela lieu de fe loüer de fon attention & de fon zéle. Le nommé Heriffé fon Architecte, dont les talens avoient déja éclaté dans la conftruction d'un nouvel Appartement qu'il avoit fait à l'Intendance, faifoit tantôt un Projet & tantôt un autre.

Tel eft entr'autres celui de renfermer dans l'enceinte de la Ville le Fauxbourg des Chartrons & celui de S. Seurin ; ces Projets échoüerent & l'on fe fixa enfin à celui dont il s'agit aujourd'hui.

Ce Projet confiftoit pour lors à faire conftruire fur le bord de la Riviere depuis la Porte d'Efpaux jufqu'au Quay de Rohan un Bâtiment de cent toifes de long, au milieu duquel feroit une grande Place où l'on éleveroit la Statuë Equeftre de Sa Majefté ; & comme ces Bâtimens enleveroient abfolument tout le terrain du Port néceffaire pour le mouvement du Commerce, on s'étoit réfolu de faire dans la Riviere de grands atteriffemens en forme de Quays : ce Projet eft encore aujourd'hui le même, à cela près, qu'on s'eft déterminé à ne point revêtir de pierre les atteriffemens.

A

Pour parvenir à remplir ce Projet, il falloit engager la Communauté à aliéner tout cet espace du Port. M. de Boucher le fit proposer dans une Assemblée des Jurats; l'aliénation, & sur-tout le but qu'elle avoit parurent d'une si grande importance, que les Jurats crurent devoir se procurer des éclaircissemens sûrs avant de rien statuer. Pour cet effet ils nommerent le sieur Ribail Commissaire pour proceder à cet examen avec des personnes entendues & experimentées. Il se tint deux Assemblées chez le sieur Ribail, on y appella les Pilotes les plus habiles, les Visiteurs Jurez des Navires, de vieux Patrons de Gabarre servans actuellement dans le Port ou sur la Riviere de Bordeaux; sept Négocians du premier ordre, plusieurs anciens Jurats, & des personnes qui avoient été Navigateurs y furent aussi appellées; on ne pouvoit former une Assemblée plus propre à donner une décision sûre par le concours des lumieres que les différentes experiences devoient avoir acquis à chacun des Délibérans. Le résultat des deux Conférences qu'ils eurent, fut que le nouveau Projet pourroit entraîner la ruine du Port & du Commerce : cette décision fut absolument unanime.

Le sieur Ribail ayant fait son raport en Jurade, on crut devoir indiquer une Assemblée plus nombreuse & en même-tems plus remplie de personnes capables de juger de la force des raisons raportées. Il fut donc délibéré d'assembler les trente Prud'hommes, c'est-à-dire, les personnes les plus considerables par leur réputation & leurs lumieres, parmi les Nobles, les Avocats & les Négocians.

Le sieur Ribail renouvella son raport dans cette Assemblée, tout y fut discuté d'une façon d'autant plus éclairée, que la plûpart des Déliberans connoissoient ou avoient eû part à l'examen qui avoit été fait précédemment. Parmi ce grand nombre de Déliberans un seul approuva la proposition, tous les autres la rejetterent sans hésiter comme tout à fait ruineuse pour le Commerce.

Cependant comme il s'agissoit d'une affaire générale de la Communauté, c'est-à-dire de l'aliénation de son Domaine & d'un changement à son Port, cette Assemblée des trente crut qu'il ne lui appartenoit pas de rejetter absolument par elle-même ce Projet, & que conformément aux Statuts de la Ville, à l'usage & à plusieurs Titres anciens incontestables, visez dans un Arrêt du Conseil d'Etat du 5 Novembre 1715 qui les confirme, il étoit nécessaire pour le cas dont il s'agissoit d'assembler les cent trente, afin que cette Assemblée qui représente toute la Communauté, prit elle-même son parti sur une affaire qui la concernoit uniquement. La Déliberation des trente se borna donc à demander l'Assemblée des cent trente, elle étoit cependant si frapée des inconveniens du nouveau Projet, qu'elle ajoûta à la Déliberation qui est couchée dans les Regiftres de l'Hôtel de Ville, qu'en sollicitant auprès de M. de Boucher l'Assemblée des cent trente, on le suplieroit de vouloir bien accorder sa protection à la Ville, pour empêcher un établissement qui paroissoit si dangereux.

On exécuta cette Déliberation, M. de Boucher fut suplié de faire convoquer l'Assemblée des cent trente, & d'appuyer de son autorité le zéle de tous les Citoyens qui demandoient inftamment qu'on ne changea rien à un Port qui faisoit toute leur fortune, & dont la forme & l'heureuse situation n'offroient aucun inconvenient dont il fallut le garantir. On ne sçait jusqu'à quel point M. de Boucher fut frapé de ces raisons, elles lui parurent apparemment décisives, puisqu'il ne crut pas même que pour faire rejetter ce Projet, il fut nécessaire de convoquer l'Assemblée des cent trente ; il n'en fut donc plus question, & l'on a vêcu pendant long-tems dans cette idée que M. de Boucher en avoit trop reconnu les inconveniens pour y penser encore à l'avenir.

Le Corps de l'Hôtel de Ville est composé de six Jurats, les trois plus anciens sont remplacez chaque année par trois autres, ausquels, comme l'on sçait, la protection de M. le Commissaire départi n'est point inutile pour être nommez. Trois anciens Jurats sortirent donc pour lors de l'Hôtel de Ville, & entr'autres le sieur Ribail dont la capacité & le zele pour le bien public sont généralement reconnus ; l'Hôtel de Ville se trouva par là privé des lumieres de ce Magistrat, & de celles dont il avoit été dépositaire dans les Assemblées qui s'étoient tenues chez luy. Alors le nommé Hérissé qui devoit avoir la direction des nouveaux Bâtimens, crût qu'il pourroit renouveller ses sollicitations auprès de M. de Boucher. Pour le faire d'une façon qui ne donna point de défiance trop ouverte, il ôta du Projet le nom de Quais, il ne qualifia plus ces avancemens dans la Riviere que de simples atterissemens, & à la faveur d'une dénomination différente qui conservoit toûjours le même objet, il réüssit si bien à persuader que tous les inconveniens disparoissoient, que M. de Boucher crût qu'il étoit inutile de s'en assurer par l'Assemblée des cent trente indiquée.

On proposa donc encore en Jurade ce même Projet rectifié par la nouvelle dénomination d'atterissement que l'on substitua à celle de Quais ; mais on n'appella point les trente Prud'hommes ; cette Assemblée devoit être proscrite, puisqu'elle n'avoit pas été favorable au Projet; ainsi malgré l'Assemblée des trente qui avoit déja rejetté cette proposition, malgré la délibération couchée sur les Regîtres de l'Hôtel de Ville, qui portoit que l'on demanderoit la convocation de l'Assemblée des cent trente, malgré les Statuts, malgré l'usage & nonobstant l'Arrêt du Conseil du 5 Novembre 1715 qui ordonne cette Assemblée dans de pareils cas, les Jurats seuls firent une nouvelle délibération qui autorisoit ce Projet, ils jugerent d'eux-mêmes, & sans autre examen, que les inconveniens prévûs & craints par tant de personnes experimentées ne subsistoient plus, au moyen d'un atterissement non revêtu de pierre; & sur cela ils eurent recours à M. de Boucher pour leur faire obtenir un Arrêt du Conseil qui confirma leur Délibération, & la revêtit d'une autorité qui en assura l'éxécution. Il y a apparence que M. de Boucher ne leur refusa point sa protection, quoiqu'il en soit, les Jurats s'adresserent à M. le Controlleur Général & surprirent sa religion dans trois points essentiels, du moins si l'on en juge par l'exposé de l'Arrêt du Conseil qui survint bien-tôt après.

Cet exposé non plus que la nouvelle Déliberation de l'Hôtel de Ville, ne fait aucune mention de l'Arrêt du Conseil de 1715 qui ordonne expressément que toutes les affaires graves & publiques se traiteront toûjours dans l'Assemblée des cent trente, où seront appellez en la maniere accoûtumée les Députez du Parlement, ceux de la Cour des Aydes & des autres Corps.

Cet Arrêt ne pouvoit être ignoré des Jurats, puisque ce sont eux-mêmes qui l'ont obtenu, pourquoy donc non-seulement ne pas l'exécuter, mais encore en dérober la connoissance à M. le Controlleur Général, si ce n'est pour cacher un vice essentiel à la Délibération, & enlever par conséquent un obstacle que le Conseil d'Etat de Sa Majesté eût trouvé tout à la fois légitime & invincible.

Il est si vray que les Jurats n'ont point instruit M. le Controlleur Général de cet Arrêt de 1715 que le Député du Parlement s'apperçut dans les premieres visites qu'il eût l'honneur de rendre à ce Ministre qu'il n'en avoit aucune idée. Le Député du Parlement a eû l'honneur de lui en remettre depuis une Expédition en forme, la décision & même les termes en sont entierement conformes à ce qu'on en a rapporté plus haut. La nouvelle Délibération & l'exposé de l'Arrêt du Conseil qui la confirment se taisent encore sur l'ancienne Délibération qui avoit déterminé l'Assemblée des cent trente, ou du moins elle n'en parle qu'avec précaution sans en spécifier l'occasion, les motifs & les raisons qui l'avoient fait résoudre, cette Délibération couchée sur les Regîtres de l'Hôtel de Ville n'a point été révoquée, elle ne pourroit pas même l'être, puisque les Jurats seuls ne pourroient anéantir ce que l'Assemblée des trente qui leur est supérieure avoit résolu. Pourquoy ce silence affecté, si ce n'est afin que M. le Controlleur Général ignorât absolument, & que la nouvelle Délibération étoit sans force par elle-même, attendu la nature de l'affaire, & que le peu de force qu'elle pourroit avoir, étoit absolument détruit par la force supérieure d'une délibération précédente prise aux formes ordinaires & conformément aux Statuts.

On n'a point exprimé non plus ni dans la nouvelle Délibération, ni dans l'exposé de l'Arrêt du Conseil en quoy consistoit cet atterissement, si on le faisoit dans le terrain même de la Ville, ou dans le lieu propre de la Riviere, de combien de toises il avançoit dans la Garonne, de quelle hauteur & de quelle consistance il étoit nécessaire de le former pour le mettre à l'abri des inondations. Par là on a encore enlevé à M. le Controlleur Général une connoissance distincte de la nature de cet atterissement, connoissance qui sans doute eût détourné l'Arrêt du Conseil qui survint bien-tôt après, & qui eût par conséquent fait échouer dés lors l'entreprise projettée.

C'est ainsi que la Religion de M. le Controlleur Général fut surprise dans toutes les circonstances essentielles, & qu'ignorant les unes, & n'ayant point une notion exacte des autres, il se détermina à faire donner l'Arrêt du Conseil du 24 Février 1728 qui confirme la nouvelle délibération.

Cet Arrêt du Conseil ne fit point un grand bruit, parceque les Jurats prévirent des obstacles qu'ils crurent éviter en gardant le silence, & en se préparant doucement à l'exécution du projet; ils comprirent que l'entreprise n'éclatant tout-à-fait qu'au moment de l'exécution, il seroit plus difficile de la traverser. C'est par là que les remontrances du Parlement de Bordeaux ont été retardées jusques au mois d'Août de l'année derniere.

On fit alors l'adjudication d'une partie des places, & on commença à jetter les fondemens des Edifices. Les Propriétaires des échoppes ou petites maisons adossées au mur de la Ville ayant un interet particulier pour s'opposer à cette Entreprise, présenterent un Placet au Parlement dans lequel

quel

quel ils repréfenterent que toutes les petites Echoppes qui leur appar-
tiennent font chargées en faveur de l'Hôtel de Ville de 40 f. de rente par
pied de façade, que cet engagement eft exhorbitant, & ne peut être
rempli qu'au moyen du petit Commerce que la découverte de la Riviere
leur procure, & qu'en bâtiffant de grandes Maifons fur le bord de la Riviere, on leur ôte abfolument cet avantage ; que d'ailleurs la petite Ruë
que l'on laiffe entre ces Echoppes baffes & ces Maifons extrêmement
élevées par rapport à elles, n'étant que de vingt deux à vingt trois piés
de largeur, la vûe des petites Echoppes en feroit entierement obfcurcie ;
& qu'ainfi par ce double inconvénient inévitable, les Proprietaires feront
obligez de les abandonner. A ces raifons particulieres, il en eft joint de
générales qui regardent le bien public.

Il ne fera pas hors de propos de dire icy que M. de Boucher n'oublia
rien pour empêcher la fignature de ce Placet, & de la Requête qui y
fut jointe, qu'il tenta de faire retracter la fignature de ceux qui l'avoient
donnée, & que tous fes efforts ne réüffirent qu'à l'égard d'un feul ; il fe
porta même jufqu'à donner une contrainte par corps pour fe faire remettre les originaux d'une Requête & d'un Placet adreffé au Parlement ;
on voit par là à quel point M. de Boucher a excédé fon autorité dans cette
affaire ; quoiqu'il en foit le Placet fut figné de vingt-deux Proprietaires
des Echoppes, & il fut préfenté au Parlement. L'éclat que venoit de faire
tout récemment le Projet, avoit fuffifamment donné lieu aux Officiers
de cette Compagnie de s'inftruire des conféquences périlleufes qu'il
pourroit avoir, on délibéra donc de faire de très humbles remontrances à
Sa Majefté ; plufieurs Négocians des plus fameux touchez par le zele du
bien public, & par l'interêt du Commerce, fournirent des Mémoires qui
contribuerent en partie à former le Corps de ces remontrances ; il s'agit
maintenant d'y ftatuer. M. le Controlleur Général doit en faire inceffam-
ment le raport au Confeil Royal des Finances de Sa Majefté.

Telle eft l'hiftoire complette du Projet des Bâtimens fur le Port ; on l'a
déduite fimplement & fans y joindre de réflexions, parceque les faits feuls
ont par eux-mêmes toute la force qu'ils peuvent avoir ; & que fans être
fecouru d'aucun art ils font fuffifamment éclore dans l'efprit toutes les
réflexions néceffaires ; on va maintenant entrer dans le détail des raifons.

Le Parlement dans fes remontrances fe borne à demander que l'ouvrage commencé foit furcis jufques à ce que conformément à l'Arrêt du
Confeil d'Etat de Sa Majefté de l'année 1715, les cent trente Prud'hommes de la Ville foient affemblez où fe trouveront tous les ordres les plus
inftruits du Commerce, & de la Navigation, lefquels feront connoître ce
qui peut déterminer un ouvrage dont les évenemens font fi intereffans
pour l'interêt de Sa Majefté, de fes Peuples & de l'Etranger.

On a déja vû comment l'Arrêt du Confeil s'exprime, il décide conformément aux Statuts, à l'ufage & aux Edits, que toutes les affaires graves
& publiques fe traiteront toûjours dans l'Affemblée des cent trente, où
feront appellez les Députez du Parlement, de la Cour des Aydes & des
autres Corps.

L'affaire dont il s'agit n'eft-elle point une affaire grave ? n'eft-elle point
une affaire publique ? On veut aliéner une portion confiderable du Domaine de la Ville, & encore la portion la plus précieufe qui eft celle du
Port, & dans l'endroit où fe fait précifement tout le mouvement du
Commerce de Bordeaux ; on ne fe contente point d'une pareille aliéna-
ion, on veut changer, dénaturer la face de la Riviere dans toute l'éten-

B

durée de cet espace qui est de cent toises, détruire l'ancien Port, en former un nouveau, élever des atterissemens qui s'étendent & soient poussez à plus de vingt troises dans le lit propre de la Riviere ; un pareil Projet étonne par son importance & par les suites qu'il peut avoir, & cependant les Jurats seuls disposent, arrêtent souverainement toutes ces opérations importantes, sans aucun consentement de la Communauté, sans aucun égard à une assemblée des cent trente toujours nécessaire dans de semblables cas, suivant la volonté expresse de Sa Majesté portée par l'Arrêt du Conseil de 1715.

Confirmer la nouvelle délibération des Jurats, ce seroit renverser cet Arrêt du Conseil, anéantir un Reglement dont les Jurats eux-mêmes ont reconnu la sagesse, la force & la nécessité, puisque lors de cet Arrêt ils se bornerent à demander de n'être point obligez d'appeler les Députez du Parlement dans les assemblées des trente où se traitent les petites affaires de la Communauté, mais uniquement dans les assemblées des cent trente où se traitent les affaires graves & publiques, ce qui fut ainsi ordonné par l'Arrêt, conformément aux conclusions de leur requête. Il est donc évident que la nouvelle délibération des Jurats étant contraire à la loy inviolable que les Statuts, l'Usage & la Volonté expresse de Sa Majesté ont prescrit, doit être regardée comme vaine, illusoire & de nul effet, qu'ainsi l'ancienne délibération des trente qui ordonne l'assemblée des cent trente y étant exactement conforme, doit nécessairement être exécutée.

Il s'agit maintenant d'examiner le projet en lui-même.

Le Port de Bordeaux tel qu'il est, n'exige aucun changement, aucune amélioration, par raport à la facilité, à la seureté & à l'expédition du commerce. L'affluence continuelle d'un nombre infini de batteaux qui y abordent à toute heure, la circulation active qui s'y fait sans cesse pour le transport des marchandises, cette quantité prodigieuse d'hommes de toute espece que l'interêt y apelle de toutes parts, n'y ont jusqu'à present trouvé aucun obstacle ; on ne peut citer aucun tort, aucun domage que le Commerce ait reçu par la forme & la nature de ce port ; enfin il s'est toujours trouvé dans tous les tems propre à remplir tous les objets du Commerce immense qui s'y fait : il faut donc perdre de vûe dans le nouveau projet toute idée d'amelioration, parceque réellement il n'en procure aucune ; on ajoûtera deplus que quand même on se proposeroit quelque légere idée d'amélioration, il faudroit extrêmement s'en défier & la suspecter, parcequ'à l'égard d'un port de cette importance qui n'a actuellement aucun inconvénient marqué, l'esperance d'une légere amélioration ne doit jamais balancer la moindre crainte des inconveniens prévus : ce n'est donc ni comme réparation nécessaire, ni comme réparation utile que l'on a imaginé ce projet, mais uniquement comme réparation agréable. On a crû qu'un corps de bâtiment de cent toises de long & d'une façade uniforme formeroit un spectacle intéressant sur la riviere, & en orneroit infiniment le port.

Il est inutile d'examiner en ce lieu si cette idée est juste ; un objet plus important se présente, on va donc prouver que ce prétendu embélissement entraîneroit la ruine totale du Port & de la Riviere.

Trois qualitez principales sont nécessaires à un Port commerçant, de l'eau dans la riviere sans aucun obstacle qui y empêche une navigation libre, un Port commode à l'abordage, & où les batteaux puissent se mettre à l'abri, une place suffisante sur le port pour les mouvemens variez

& infinis que les opérations du commerce exigent absolument.

Au moyen de la ruë de 22 à 23 pieds qui fera entre les échopes & les maisons projettées, & au moyen de la profondeur de ces mêmes maisons, on consomme toute la place actuelle du port ; ainsi il faut nécessairement que l'on prenne sur le lit propre de la riviere pour faire un nouveau port ; ce nouveau port doit être à l'abri de l'eau dans les plus grands mareages, & outre cela il faut que sa forme soit commode pour le mouvement des charrettes & des traineaux.

Les attérissemens qui constitueront ce nouveau Port, doivent donc avoir deux qualitez, 1°. Il faut non seulement qu'ils s'élevent autant qu'il est nécessaire pour être de niveau avec le flot, mais encore que leur hauteur soit pendant une espace considérable tout à fait audessus du flot, afin que cette espace y soit toujours libre pour le mouvement du commerce. 2°. Il est encore nécessaire, soit pour la facilité des embarquemens & débarquemens, soit pour celle des voitures nécessaires au transport, que ces attérissemens soient menez par un talus insensible depuis le plus haut degré de leur élévation, jusqu'au niveau du lit de la riviere.

Cela supposé, il faut observer que suivant les experiences faites en differens tems par plusieurs personnes entendues, le flux dans sa plus grande force porte l'eau à la hauteur de onze à douze pieds, on parle icy indépendemment des cas particuliers de débordement que l'on imagine bien n'être pas rare dans une Riviere comme la Garonne, qui se trouve quelquefois grossie tout à coup par de grandes fontes de neige qui tombent des montagnes ; on ne raisonne donc que dans les cas les plus ordinaires, parceque ce qui sera démontré à leur égard, le sera à plus forte raison à l'égard de tous les autres.

Il est évident par cette observation que l'atterissement pour être de niveau avec le flot, doit avoir 1°. onze à douze pieds de hauteur à compter depuis le lit de la Riviere pris dans les basses marées. 2°. Que pour être tout-à-fait à l'abri du flot pendant l'espace qui doit être toûjours libre pour le mouvement du Commerce, il est nécessaire d'élever d'autant plus l'atterissement, que cet atterissement suivant l'observation cy-dessus faite ne doit decroître que par degrez insensibles, d'où il résulte que la moindre estimation qui puisse être surajoûtée pour cet objet est de six poulces de hauteur, on fera donc forcé d'élever l'atterissement à dix sept ou dix-huit pieds ; de ce point de vûe on découvre l'avancement prodigieux que cet atterissement doit avoir dans la Riviere, puisqu'il ne peut gagner le niveau de son lit dans les basses marées que par un talus imperceptible qui consomme peu à peu dix-sept ou dix-huit pieds d'élévation.

Il est nécessaire d'ajoûter à ces réflexions quel est le nombre, la qualité & la situation des bans de sable qui sont dans le Port de Bordeaux, quelle est la figure de ce Port, & enfin le cours, la nature & la force des courans.

Le cours de la Riviere avoit été long-tems incommodé par des bancs de sables, dont la variation & le transport d'un lieu à un autre, avoient été toûjours le plus grand inconvenient.

Depuis bien des années, ces sables se sont fixez en deux endroits, l'un au dessus de la Ville & au devant de la Manufacture, l'autre prend sa naissance du côté de Queyries, vis-à-vis l'endroit où l'on veut faire ces Ouvrages, & porte sa pointe jusqu'au milieu de la Riviere vers le bas du fauxbourg des Chartrons, où se fait le plus grand Commerce des Marchandises étrangeres, mais tout le Port se trouve à présent libre.

Feu M. le Maréchal de Montrevel commandant dans la Province, joüiſſoit d'une Maiſon de Campagne ſur le bord de la Riviere dans un lieu appellé Vigne-Garonne, il fit faire un Quay qui avançoit ſeulement de deux toiſes dans la Riviere. Cet ouvrage néanmoins , quelque modique qu'il fut, a tellement augmenté un petit banc de ſable qui étoit vis-à-vis , qu'on ne peut plus aborder le Port du côté de Bordeaux que dans la pleine Mer.

Enfin depuis pluſieurs années, il s'eſt formé un grand banc de ſable , qui occupe toute la largeur de la Riviere entre la côte de Parampuys & celle de Montferrand au lieu communément appellé le Pas ; les ſables s'y ſont ſi fort accrus, que les gros Vaiſſeaux ne peuvent plus y paſſer qu'aux plus grands mareages du plein & du nouveau de la Lune.

La figure du Port de Bordeaux eſt celle d'un Croiſſant de Lune , les courants partent de ſa pointe ſuperieure au lieu appellé à Borbonet du côté de la Baſtide , de là ils deſcendent rapidement vers le fonds & le milieu du Croiſſant, c'eſt préciſément l'endroit où l'on a commencé de conſtruire les Bâtimens & où l'on ſe propoſe de faire les atteriſſemens ; là les eaux frappent contre une côte arondie, fléchiſſent d'elles-mêmes inſenſiblement & coulent en tournoyant toûjours le long du Port , juſques à la pointe inférieure du Croiſſant.

On doit icy ſe rappeller la hauteur, l'étendue & la ſaillie dans la Riviere des attériſſemens projettez ; les courans portez rapidement en ce lieu augmenteront d'autant plus leur violence par un ſi puiſſant obſtacle , que la côte ne ſera plus arondie pour les faire couler & fléchir doucement ; ainſi plus ramaſſez, plus fougeux, ils feront un continuel effort contre l'atteriſſement, de cet effet néceſſaire ; deux autres ſuivent évidemment. Où l'atteriſſement n'aura pas la conſiſtance & la ſolidité ſuffiſante pour vaincre l'impétuoſité de ces courants, ce qui eſt extrêmement à craindre, quelque précaution que l'on prenne, & alors les débris de cet atteriſſement combleront abſolument le Port dans tout cet eſpace de cent toiſes, cet inconvénient ſi raiſonnablement à craindre par le ſeul effort des courans, devient inévitable & certain dans le cas des débordemens impetueux qui ſurviennent aſſez ſouvent. Si cet atteriſſement a la conſiſtance & la ſolidité qu'il faut pour ſurmonter la fougue des courans , but qu'il eſt abſolument néceſſaire d'attrapper, ſi l'on veut empêcher que le Port ne ſe comble , ou éviter des réparations continuelles , toûjours prêtes à être détruites , & qui coûteroient des frais immenſes, & alors ces courans réfléchiront vers le côté oppoſé avec une force d'autant plus grande, qu'ils ſe trouveront repouſſez avec effort, ils iront donc frapper le banc de ſable qui eſt vis-à-vis dont nous avons parlé plus haut, qui prend ſa naiſſance du côté de Queyries & en la pointe juſques au milieu de la Riviere vers les Chartrons.

Deux effets néceſſaires ſuivent encore celuy-là, où ce banc de ſable ne pourra être ébranlé & entamé par la violence de ces courans , ce qu'on ne peut cependant préſumer vray-ſemblablement, parceque les ſables en ſont faciles à mouvoir , & à ſe tranſporter, & dans ce cas le mouvement impétueux des courans entraînant avec ſoy toutes les parties terreſtres qu'ils trouveront dans leur cours, les dépoſera & les ſurajoûtera à ce banc de ſable , ce qui augmentera ſans ceſſe , & peut-être un jour juſqu'au point de rendre la Riviere impraticable.

Si au contraire le banc de ſable eſt ſappé & ouvert par l'effort des courans , alors les ſables qui le compoſent & qui en ſeront ſans ceſſe détachez, ne pourront avoir que deux deſtinées. Où ils ſeront rejettez

fur

fur le Port le long du Faux-bourg des Chartrons, & le combleront abfolument; on ne peut penfer à cet inconvenient fans frayeur; car enfin c'eft précifément dans cet endroit que fe fait le grand Commerce de Marchandifes Etrangeres qui fait la richeffe de la Province de Guyenne, & la portion la plus confiderable du revenu des Fermes de Sa Majefté.

Où ces fables ainfi détachez feront emportez par les courans vers le bas de la Riviere, & dans ce cas, ils rencontreront en leur chemin 1°. le banc de fable de Vigne-Garonne, & l'augmenteront tellement, qu'ils empêcheront tout-à-fait dans cet endroit la traverfe de la Riviere qui n'y eft déja praticable du côté du Port de Bordeaux que dans la pleine Mer, ainfi qu'on l'a obfervé plus haut. 2°. Ils rencontreront cet autre banc de fable fitué entre la côte de Parampuys & celle de Montferrand, où nous avons dit que les gros Vaiffeaux ne peuvent déja paffer que dans les plus grands maréages du plein & du nouveau de la Lune, & l'augmentation qu'ils y cauferont, en interdira abfolument le paffage à ces Vaiffeaux.

Voilà tous les cas poffibles prévûs, fpécifiez, détaillez, & l'on voit non-feulement qu'il n'y en a pas un d'indifférent, mais encore qu'il n'en eft pas un d'une conféquence moins dangereufe que l'autre, & que tous annoncent la ruine certaine du Port, & par conféquent une deftruction abfoluë du Commerce.

Il ne faut pas que l'on dife que le flux & reflux de la Garonne empêcheront l'augmentation de ces fables. Outre que ce flux & reflux n'ont point empêché jufqu'à préfent ces fables de s'accroître, cette frivole objection feroit entierement enlevée par l'experience malheureufe de ce qui eft arrivé au Port de Bayonne. Le banc de fable qui l'a gâté n'étoit prefque rien dans fon commencement, il occupe tellement aujourd'hui la largeur de la Riviere, que ce Port n'eft plus fréquenté par les Bâtimens de Mer; ce banc de fable eft connu de tout le monde fous le nom de la Barre, la Riviere à Bayonne a cependant l'avantage du flux & reflux ainfi que la Garonne.

Enfin fi l'on veut un exemple éclatant des fuites funeftes que peuvent avoir dans le lit d'une Riviere, des atteriffemens ou Quais; car je me fers également ici de l'un & de l'autre nom, parce que l'atteriffement devant néceffairement avoir la confiftance qu'il faut pour refléchir & renvoyer les courans, il eft tout à fait égal qu'il foit revêtu de pierre ou qu'il ne le foit pas, & que fuivant l'un ou l'autre cas, on puiffe l'appeler Quay ou fimple atteriffement.

Si l'on veut, dis-je, un exemple célebre des conféquences dangereufes que de pareils travaux entraînent, que l'on jette les yeux fur le Port de Nantes, il y a cinquante ou foixante ans qu'il étoit praticable pour les Vaiffeaux de deux cens tonneaux de Port, mais les avancemens qu'on a fait dans la Riviere ont fait naître une fi grande quantité de bancs de fable, & qui fe font fi fort accrus, qu'il n'y a plus que de petits Batteaux plats qui puiffent y naviguer, en forte que les Vaiffeaux Marchands font obligez de s'arrêter à un lieu appellé Peinbœuf à fept lieuës de la Ville, où ces Batteaux plats vont chercher les Marchandifes pour les porter à Nantes, ce qui occafionne des frais confiderables, ruineux pour le Commerce. Les deux exemples que l'on vient de citer ne font que trop connus, Meffieurs les Miniftres en font fuffifamment inftruits par les fommes confiderables que l'on demande pour réparer ces deux Ports: voudroit-on expofer au même inconvenient celui de Bordeaux le plus important du Royaume?

C

Voudroit-on dire encore que ces atteriſſemens procureront du moins un avantage, parce qu'en reſſerrant les eaux, ils augmenteront la profondeur du lit de la Riviere ſur ſes bords?

On obſervera d'abord qu'à conſiderer même cet avantage ſans aucun raport aux inconveniens marquez, la Garonne n'a aucun beſoin de réparation à cet égard, non-ſeulement parce que ſon lit eſt profond ſur ſes bords, mais encore parce que ſa plus grande profondeur eſt préciſément dans cet endroit; il ſeroit donc d'une imprudence téméraire & gratuite de s'expoſer aux ſujets légitimes de crainte que l'on a marqué, & de s'y expoſer dans la ſeule vûë d'une amélioration tout à fait ſuperfluë. Un nouvel inconvenient auſſi conſiderable que les précédents naîtroit encore de ce prétendu avantage.

Pour le prouver on obſervera que vis-à-vis les atteriſſemens projettez, eſt une Campagne aſſez vaſte appellée Queyries, dont le ſol eſt preſque de niveau avec le lit de la Riviere; cette Campagne eſt une des plus riches de la Province par l'abondance & la réputation des vins que l'on y recueille. On eſt aſſez inſtruit par une experience malheureuſe que les débordemens qui ſurviennent dans la Riviere par les fontes de neige, portent leur plus grand & preſque leur ſeul effort de ce côté, ce qui produit alors la perte preſque entiere de toutes les récoltes du Pays; cet evenement eſt arrivé en 1727.

Dans la vûë de prévenir ces accidens ou du moins de les diminuer autant qu'il eſt poſſible, on a ménagé d'eſpace en eſpace de grands & immenſes foſſez, connus ſous le nom d'*Eſteys*, là les eaux débordées ſont reçûës & s'écoulent; indépendamment de ces *Eſteys*, chaque proprietaire a ſoin d'entourer ſes Vignes de grands foſſez, avec des digues extrêmement élevées, dans le double objet ou d'empêcher par la hauteur des digues que le champ ne ſoit inondé, ou de faciliter l'écoulement des eaux débordées. Ce n'eſt que par la hauteur de ces digues qui coutent chaque année des frais immenſes à réparer, que quelques Proprietaires de Queyries furent exempts de l'inondation de 1727, l'Auteur de ce Memoire eſt de ce nombre.

On ne ſera point ſurpris de ces inondations fréquentes, ſi l'on réfléchit que les Queyries faiſoient autrefois partie du lit de la Riviere; c'eſt du moins une opinion commune & générale, & que tout concourt à apuyer, ſoit la nature de ſon terroir, ſoit l'aſſiette de ſon ſol preſque de niveau avec le lit actuel de la riviere, ſoit les anneaux de fer que l'on a trouvé attachez à de grands arbres ſur la côte qui termine cette campagne, ainſi que le dit la chronique de Bordeaux, ce qui fait raiſonnablement préſumer que ces anneaux étoient deſtinez à amarrer les vaiſſeaux dans cet endroit.

Si donc l'on reſſerre les eaux par un attériſſement auſſi conſiderable que celui qu'il eſt néceſſaire de former, ſi l'on augmente la violence des courans par les obſtacles qu'on leur oppoſe dans l'endroit où ils butent, ſi ces courans devenus plus fougueux par ces obſtacles, ſont réfléchis & repouſſez avec cette nouvelle impétuoſité vers l'endroit oppoſé & vis à vis, ainſi qu'on l'a démontré; il eſt évident que l'on augmente conſidérablement la cauſe des inondations, alors ces grands & immenſes *Eſteys* & tous ces foſſez profonds dont les digues ſont ſi élevées, deviendront tout à fait inutiles: aucun art ne poura garentir des ſuites funeſtes de pareils débordemens. Peut-être, car à l'égard des malheurs qui ſeroient ſans reſſource, il faut écouter les moindres craintes, & prévoir les dangers les plus éloignez; peut-être, dis-je, que les eaux continuellement repouſſées dans cet endroit, fe trouvant tout à coup accrues par une extrême & fubite fonte de neige, franchiroient fi abondamment leurs bords, qu'elles fe rétabliroient tout à fait dans l'ancien lit qu'elles ont perdu.

Si l'on examine maintenant le fecond avantage néceffaire à un Port, c'eft-à-dire la facilité & la fûreté de l'abordage, on trouvera encore le nouveau projet infoutenable par cet endroit. On fçait que les vents d'Eft & de Nord-Eft dominent dans le Port de Bordeaux ; lorfqu'ils y fouflent les Batteaux chargez & qui attendent la commodité de la décharge, ne peuvent abfolument tenir en pleine Mer au milieu des Vaiffeaux. Dans toute l'étendue du Port depuis les Chartrons, le feul endroit où ils puiffent fe refugier & fe mettre à l'abri, eft précifément celui qu'on deftine aux atteriffemens ; ces Batteaux feront donc, pour ainfi dire, au moyen de ces atteriffemens, pouffez & chaffez hors de leur azile, ils feront ainfi continuellement expofez à toute la violence des tempêtes qu'excitent les vents d'Eft & de Nord-Eft, ce qui caufera la perte de plufieurs, & de toutes les marchandifes qui y feront.

Enfin il eft néceffaire qu'un Port ait un efpace confiderable à l'abri du flot dans les plus grands mareages, & que cet efpace foit commode pour toutes les operations du Commerce, on comprend fuffifamment que le talus en doit être infenfible & prefque plat, afin de ne point nuire au mouvement libre & dégagé des charettes & des traîneaux.

Si l'on rempliffoit ces deux conditions dans toute l'étendue qui eft requife, il feroit néceffaire de pouffer cet atteriffement fi avant dans la Riviere à caufe du peu de hauteur que le décroit infenfible du talus gagneroit, qu'on ofe affurer qu'on ne fe portera jamais à cette extrêmité, il arrivera donc infailliblement que dans la vûë d'épargner fur l'étendue de l'atteriffement dans la Riviere, on lui donnera une pente fenfible & brufque, & par là le Port deviendra difficile, embaraffé & prefque impraticable pour tous les mouvemens rapides & variez que les opérations du Commerce exigent, foit à l'égard des charettes & des traîneaux, foit à l'égard des porteurs de charge.

On ajoûtera ici deux autres inconvéniens, par rapport aux Maifons qui feroient bâties dans cet endroit.

Le premier fe préfente de lui-même, de pareilles Maifons hors du mur de la Ville & fur le bord de la Riviere, deviendront l'azile des Contrebandiers, & le magafin des Marchandifes de Contrebande ; outre qu'il y a de l'imprudence à faire naître un inconvenient qui multiplie les précautions, on doute que les précautions que l'on pourroit prendre dans ce cas, fuffent fuffifantes pour empêcher les fraudes déja fi fréquentes, le revenu des Fermes de Sa Majefté fouffriroit par là une diminution confiderable.

Le fecond inconvenient eft pris de la pofition du Château-Trompette, & des vûës que s'eft propofé l'Ingénieur qui l'a fait conftruire.

Un baftion de ce Château & l'embrafure du baftion prochain ont la Riviere en vûë dans toute l'étendue du demi cercle depuis Vigne-Garonne jufqu'à la Manufacture, enforte que tout leur étant découvert & fans obftacle, ils peuvent battre de l'un & de l'autre côté ; mais le nouveau Bâtiment projetté diftant de quatre-vingt toifes de ce baftion, lui mafque abfolument le côté du Port vers la Manufacture, & détruit par conféquent l'objet que s'eft propofé l'Ingénieur.

C'eft par la plûpart des raifons relevées que le Projet de former des Quais ou atteriffemens & de faire Bâtir des Maifons fur le Port a échoué dans tous les tems. Cette propofition a été rejettée en 1659, en 1669, fous l'Intendance de M. de Pelot, & enfin en 1707 fur le Projet qu'en avoit formé M. le Marquis de Boiffieres. Le Port de Bordeaux depuis ce tems n'a changé ni de forme ni de nature, il eft le même ; ainfi les inconveniens qui fubfiftoient pour lors, & que l'on jugea infurmontables, fubfiftent encore aujourd'huy, & font encore tels ; ils font même & plus confiderables & en plus grand nombre, à caufe des circonftances particulieres du nouveau Projet.

On peut juger maintenant fi l'objet d'embellir le Port qui eft le feul but que l'on puiffe fe propofer, peut non feulement balancer le moindre des inconvéniens marquez, mais encore la plus foible, la plus légere crainte du moindre de ces inconvéniens. Que fera-ce donc fi l'on démontre que ces bâtimens & attériffemens dégraderont abfolument la beauté de ce port ? Il n'eft pas difficile de l'établir.

Il eft généralement reconnu que le Port de Bordeaux eft le plus beau qui foit en Europe ; fa principale beauté confifte dans ce grand demi-cercle qu'il décrit depuis Vigne Garonne jufqu'à la Manufacture, & qui eft fermé des deux côtez par les Palus de Monferrand, & par celle de la Soui, ce qui forme un baffin d'un oval parfait ; les maifons que l'on veut bâtir fur le Port, détruiront la perfection de cet arondiffement, ce qui produira un effet à peu près femblable à celui que produiroit une grande maifon bâtie devant le demi cercle de Verfailles.

Il faut ajoûter à cela qu'une des grandes beautez de la Ville, quand on en fort par toutes les portes qui correfpondent aux cent toifes que l'on veut faire bâtir, eft de découvrir d'abord la vûë de cette belle & grande Riviere dont les bords font terminez par un côteau riant & diverfifié, & fur laquelle on apperçoit une infinité de Vaiffeaux & de batteaux flottans ou ancrez ; fi l'on bâtit aujourd'huy tout cet efpace, on fe trouvera tout à coup choqué par ce grand Bâtiment qui ôtera un point de vûë fi agreable & fi guay.

Suivant ce Projet, on doit ménager au milieu du corps de ce Bâtiment une grande Place où l'on élevera la Statuë Equeftre de Sa Majefté. Cette partie du Projet eft chere à tous les Citoyens, ils demandent avec inftance à Sa Majefté la permiffion d'élever ce monument de leur refpect & de leur amour pour un Prince dont le gouvernement paifible, vigilant & éclairé fait la félicité des Peuples ; mais un pareil monument doit-il être placé hors des murs de la Ville, & feulement en fpectacle aux Matelots & aux Paffagers ? N'eft-il point plus convenable & à la dignité d'un pareil monument, & à la fatisfaction des Peuples de placer l'Image du Prince au milieu de la Ville, afin que les Citoyens puiffent fans ceffe joüir d'une fi chere vûë ? Une infinité d'endroits dans la Ville font propres à cet ufage.

On a raifonnablement lieu d'efperer que les réflexions faites dans ce Mémoire, feront fentir toute l'importance des inconveniens de ce Projet. Du moins faut-il convenir que jamais affaire n'a été plus grave & plus publique, on ne peut donc s'empêcher d'ordonner l'éxécution de l'Arrêt de 1715 qui enjoint aux Jurats de convoquer l'Affemblée des cent trente toutes les fois qu'il s'agira de traiter quelque affaire grave & publique ; c'eft à quoy le Parlement a borné fa demande.

Mᵉ. NOEL, Avocat.

De l'Imprimerie de P. G. ʟᴇ Mᴇʀᴄɪᴇʀ fils & A. Mᴏʀɪɴ, ruë S. Jacques, à S. Hilaire & à S. André, 1729.

EXTRAIT DES REGISTRES DU CONSEIL D'ETAT DU ROY.

VEU par le Roy étant en son Conseil, les Requêtes respective-ment présentées en icelui, la premiere par les Officiers du Parlement de Bordeaux; tendante à ce qu'il plût à Sa Majesté ordonner que les Jurats de ladite Ville, ne pourront convoquer leur assemblée communement appellée des trente, non plus que celle de cent trente, sans y appeller des Officiers dudit Parlement, attendu que c'étoit un usage ancien, que quand lesdits Jurats trouvoient à propos de faire ces assemblées, soit pour le service du Roy, soit pour les affaires de leur Communauté, deux d'entr'eux vinssent à la Grande Chambre faire part au Parlement de leur Déliberation, & demander deux Conseillers députez pour y assister, qu'ils n'y avoient point voix déliberative, leur fonction n'étant que d'empêcher qu'il ne s'y proposât des choses contraires aux Edits, Déclarations & Ordonnances du Roy, & aux Statuts & Privileges de la Ville, & de maintenir dans lesdites assemblées l'ordre, la tranquillité & la liberté des suffrages, & que cette prétention étoit d'ailleurs fondée sur un Edit & des Lettres Patentes du Roy Charles IX. des mois de Fevrier & Septembre 1566. sur plusieurs exemples du même usage tirez des Registres mêmes de l'Assemblée desdits Jurats des années 1573, 1575 & 1577, & sur un Arrêt du Conseil privé du 19 Octobre 1638. L'autre Requête présentée par les Jurats de ladite Ville de Bordeaux, tendante à ce qu'il plût à Sa Majesté débouter les Officiers dudit Parlement de leur demande, attendu qu'il n'y avoit que l'assemblée des cent trente, où le Parlement, la Cour des Aydes, & les Chapitres fussent appellez, parce qu'elle ne se faisoit que dans des occasions importantes, où l'on avoit besoin du consentement général de la Communauté; mais qu'aucun d'eux n'avoit vû députer des Conseillers à l'Assemblée des trente, n'y en ayant aucun exemple depuis plus d'un siécle, raportant des Extraits de leurs Registres, par lesquels il paroissoit qu'en l'année 1554. Il y avoit eu une pareille Assemblée des trente sans l'assistance desdits Conseillers, & que depuis l'année 1600. jusqu'en celle de 1705. il y en avoit eu plusieurs autres semblables, de sorte qu'ayant tenu de la même façon la derniere de leurs Assemblées des trente, par ordre du sieur de Courson, Intendant en Guyenne, pour trouver le moyen de rembourser leurs Offices municipaux supprimez, ils n'avoient rien changé à ce qui s'étoit pratiqué de leur tems & n'avoient fait que suivre l'usage établi à cet égard, qui étoit de demander seulement la permission de l'Intendant, ne pouvant même en agir autrement sans exciter la jalousie des autres Compagnies vû aussi les piéces & mémoires respectivement produits par les Parties : OUY le rapport & tout consideré, SA MAJESTE'

ETANT EN SON CONSEIL, de l'avis de M. le Duc d'Orleans son oncle Régent, a ordonné & ordonne que dans l'Assemblée de trente où se traitent les petites affaires de la Ville, le Parlement n'y sera point appellé, mais que toutes les affaires graves & publiques se traiteront toûjours dans l'Assemblée des cent trente, où seront appellez en la manière accoûtumée les Députez du Parlement, ceux de la Cour des Aydes & des autres Corps. FAIT au Conseil d'Etat du Roy Sa Majesté y étant, M. le Duc d'Orleans Régent présent, tenu à Vincennes, le cinquiéme jour de Novembre 1715. Signé PHELIPEAUX.

www.ingramcontent.com/pod-product-compliance
Lightning Source LLC
Chambersburg PA
CBHW061432170626
46811CB00005B/2235